KB099131

물들다

이 도서의 국립중앙도서관 출판예정도서목록(CIP)은 서지정보유통지원시스템 홈페이지(http://seoji.nl.go.kr)와 국가자료종합목록 구축시스템(http://kolis-net.nl.go.kr)에서 이용하실 수 있습니다.
(CIP제어번호 : CIP2019045208)

지혜사랑 209

물들다

장인무

지혜

시인의 말

달그림자에
별을 가두고

밤마다
별을 찾다보면

어느새
해 꽃이 피었습니다.

대숲 아래서
나태주 스승님께 시간을 받았습니다.
그 후 7년,
설레는 가슴으로 당신(詩)을 품었습니다.

떡잎으로 피어나 꽃보다 씨앗으로
뿌리 내리기에 노력할 것입니다.

2019년
가을에 장인무

차례

시인의 말 ————————————— 5

1부 불꽃놀이

금강에 빠진 ————————— 12
양파 ————————————— 13
울컥 ————————————— 14
물들다 ———————————— 15
불꽃놀이 ——————————— 16
하얀 ————————————— 17
고백 ————————————— 18
풋사과 ———————————— 19
그 사랑 ———————————— 20
물거품 ———————————— 21
탈의 ————————————— 22
고독 ————————————— 24
가을 ————————————— 25
달려갈까 했습니다 —————— 26
인생 ————————————— 27
돌꽃 ————————————— 28
속 —————————————— 29
하현달 ———————————— 30
저어새 ———————————— 31
그 여자의 집 ————————— 32

2부 서리꽃

억새 —————————— 34

길을 떠나다 —————— 35

나를 심다 —————— 36

묵고黙考 —————————— 38

여우비 ————————— 39

동녘별 ————————— 40

석류 —————————— 41

씨앗 —————————— 42

붉은 곰팡이 ————— 43

삶 ——————————— 44

말씀 —————————— 45

서리꽃 ———————— 46

그림자 ————————— 47

사구 —————————— 48

눈 내리는 날 ————— 50

편견 —————————— 51

모래시계 ——————— 52

시간을 안고 ————— 53

과식 —————————— 54

색소폰 ————————— 55

이때다 ————————— 56

3부 쌀밥 꽃 지던 날

쌀밥 꽃 지던 날 ——————— 60

초로 ——————— 62

늪 ——————— 63

낙타의 눈물 ——————— 64

그곳 ——————— 65

꽃물 ——————— 66

폭염 ——————— 67

물안개 ——————— 68

백태 ——————— 69

목숨 ——————— 70

월아천 ——————— 71

새벽산행 ——————— 72

휴식 ——————— 74

흑장미 ——————— 75

흰죽을 끓이며 ——————— 76

다시, 시작 ——————— 77

나는 장씨, 동생은 정씨 ——————— 78

어머니의 집 ——————— 80

대답 ——————— 82

그 남자, 그 여자 ——————— 84

4부 넉 줄 시 – 긴 울림

애모 ——————————— 88

입춘 ——————————— 89

수평선 —————————— 90

연꽃 ——————————— 91

호수 ——————————— 92

이슬 ——————————— 93

홍매 ——————————— 94

곡주穀酒 ——————————— 95

서리꽃 —————————— 96

단풍 ——————————— 97

초승달 —————————— 98

동백 ——————————— 99

봄 뜰 ——————————— 100

꽃잎 ——————————— 101

별 ————————————— 102

우체통 —————————— 103

매미 ——————————— 104

백자 ——————————— 105

영影 ——————————— 106

가을 ——————————— 107

등대 ——————————————— 108

채운 ——————————————— 109

수련 ——————————————— 110

막차 ——————————————— 111

낮달 ——————————————— 112

능소화 ——————————————— 113

얼굴 ——————————————— 114

구절초 ——————————————— 115

나선 ——————————————— 116

고목 ——————————————— 117

해설 • 빙의된 목소리 • 나태주 ——————————— 120

• 일러두기
  한 연이 첫 번째 행에서 시작될 때는 > 로 표시합니다.

1부

불꽃놀이

금강에 빠진

멀리서
거침없이 달려오는 하얀 그림자
돌부리에 걸려 넘어졌나요
내 눈빛 너무 뜨거웠나요
철교만 건너오면
손잡을 수 있었는데
그대로
강물에 뛰어드셨네요
여보세요!
황홀한 손짓 그만하세요
그 눈빛 너무 깊어
하마터면 몸을 던질 뻔했잖아요

양파

하얀 속살
너무나 눈이 부셔
눈물이 나지

씹으면
아릿한 전율

바로
이런 거야,
사랑

울컥

하르르
별 흔들리는 밤
한 조각씩 꿰매놓은 보름달

깊이깊이 추락하는
이카루스의 젖은 깃털처럼
막힌 멍울마다 반추하는 빛

하얀 새벽 앞에
또르르 고이는 풀벌레 울음

박꽃 뚝 떨어져
가슴속에 박히는
꽃물인 듯 스며드는

초침과 분침 사이
역류하는 새벽

물들다

말갛게 웃던 푸른 하늘
감나무 이파리 나풀거리던
돌담 가 외할머니 댁

애야 오늘은
감나무 아래 가지마라
치맛자락 감물 들라

첫 달거리
달무리 닮은 뽀얀 속살
붉게붉게 번지던

감나무 아래 볼그레
타오르던 첫 사랑
수줍어 눈망울 적시던

홍시 빛 추억

불꽃놀이

처음
더듬거리던
적막의 입맞춤은
허둥대던 갈증이었다

외로움에
떨고 있는 옷섶
붉은 모란의 심지에
타오르는 불꽃이었다

영화처럼 휘몰아치는 베토벤의 운명
취해버린 육신의 조각들 모아
가까스로 비어진 가슴에 묻는다

그냥
바람처럼
공해처럼
아니, 불꽃이고 싶다

길모퉁이에 앉은 공명의 신음
끄덕이던 노래는 바람결에 흩어져
어디로 갔는가

하얀

이쁘다
입술에 속고

사랑해
혀끝에 속고

꽃이 네
정말 꽃인 줄 알았다

왜
이제 알았을까,

그 말

고백

새벽잠 깨어나
처음 떠오르는 말
누구십니까

한 발자국씩 다가와
풀피리 같은 목소리로
젖어드는 너

누구시길래

느린 걸음으로 일상을 서성이다
시린 가슴 촉촉이 젖어
수심 깊은 강으로 걸어오셨나요

이 출렁거림
숨찬 환희
어찌 해야 합니까!

풋사과

성글게 익은 연둣빛 향
그대 숨소리로 다가오는 아침

스타카토의 경쾌한 걸음으로
가까이 가 깍지손가락 걸고

탱글탱글한 저것

한 입 물고
그대 안고 뒹굴고 싶다

그 사랑

순간이나마

그 안에
내가 물들고

내 안에
그가 잠겼다

진하게 물들수록
그리움이 쌓였고

깊게 잠길수록
외로움에 갇혔다

너는 늘 당당했고
나는 늘 초라했다

지금 이 순간도

물거품

이마에 스쳤던 천둥 빛
고개를 들지 못하고
먼 곳만 바라보았던 그날

이미 파열된 심장에
네 살 허물어
아리도록 소슬한 몸짓

광기어린 바람 앞에
순백의 깃발 펄럭이며
맨발로 춤추던 너

물비늘처럼
반짝거렸던 말,
천 개의 별로 남아 있는 말

사랑해

탈의

벗었다 뱀이 허물 벗듯

실오라기 하나 걸치지 않고 하얀 소청 깃 베개에 얼굴을 묻고

표백 냄새나는 광목이불 속에 몸을 눕힌다

살이 살끼리 스친다

목걸이 귀걸이 팔찌 발찌 팽팽한 과시, 무언의 자존심, 장엄한 의식

권위 체면 명예 지배 탐욕 …… 허상이 아니었던가!

시드니 키블러스 비치

불타는 태양아래 남녀노소 생식기 열었다, 흔들리는 음영 묶고

신이 내린 신비한 몸 바다거품 속 떠다니는 우라누스의 생식기

아프르디테의 여신 비너스의 신화처럼, 각색의 무대에서 은밀한 비밀

간직한 채 소리 없이 무상의 부도로 자전하는 변의의 적자생존

수치 윤리 허세 쟁탈 추방 …… 페미니즘의 실체가 아니던가!

때로는 퇴화한 도도새의 날개처럼

천천히 내려놓고 쉬자
성스러운 양수 속 태아처럼
죽음을 예측한 바퀴벌레의 하늘 향한 발처럼
버리고 벗고 벗자
깨끗한 몸 응축시켜 변혁의 몸짓, 탈피를 꿈꾸는 밤
조용히 옷을 벗자!

고독

기나긴 밤

목젖을 타고 내리는

한 줄기 목마름

휘청이는 달빛아래

바싹 마른 억새 숲을 서성이듯

떠도는 심사

가을

꼬리 맞춘
빨간 고추잠자리 한 쌍
자동차 와이퍼에 앉아
파르르 떨림
미세한 전율

그랬어
여민 가슴 마디마디 파동
칼리만자로의 눈빛
활화산의 불꽃
피할 수 없는 거대한
태풍이었어

달려갈까 했습니다

기다릴 것 같아
달려갈까 했습니다

보고 싶어
밤잠을 못 잘 것 같아
달려갈까 했습니다

넋 나간 사람처럼
먼 산만 보고 있을 것 같아
몹쓸 사람 될까 싶어
달려갈까 했습니다

수천수만 번
당신의 품안에서 파르르 녹아버린
순간을 기억 합니다
그 순간 안고 돌아섭니다

생전 처음 보는 모습으로
가까이 아주 가까이 갈 수 있는 날
기다립니다.
마음 한자리 비워두렵니다

인생

돌아보면
저 멀리 서 있고

돌아 갈 수 없어
멈추어 보면

어느새 앞에서
기다리고 있는

내 발자국

돌꽃

바위틈 뿌리 내려 목숨 줄 수놓아
달빛 향기 보얗게 분 바른 듯

비 개인 달밤 파랗게 피어나는
푸른 돌꽃

만 번의 천둥으로 흔든다 해도
심중의 뿌리 흔들리지 않는 꽃

너였음 좋겠어.

속

들어가 볼까
훔쳐볼까

궁금해
미치겠네

회유도 없이
무작정

덥석 잡은
그 뻔뻔함

네 맘

하현달

풀벌레 코 고는 밤
풀꽃은 잠이 들었지

네 눈빛 그 천연덕스런
눈시울

아!
한 문장 끌어안고

네가
내게로 온 날

눈 먼 동침
밤이 붉었지

저어새

어둠의 바다에서
허물어진 모래성을 보았네

지난여름 잔잔하게 깔아 놓은
모래 위 발자국

먼 데서 다가오던 소조의 날갯짓
눈부신 빛깔의 뜨거움

늘 너보다 작아

잿빛 파도에 멀어져가는 너울
따라 갈 수 없었네

철썩이는 비릿한 난파
보내려 하네, 추방시키려 하네

그 여자의 집

라일락향기 짙은 창가
빗살문 비집고 들어와
무릎에 앉은 햇살 한 주먹
산까치 한 쌍 담장에 앉아
단단한 부리를 서로 비빈다

며칠 자유로 풀렸던 근육은
집이라는 네모 칸에 들어오는 순간
탱탱하게 부어올라 덤덤한 일상의
약속처럼 공회전의 유희
과즙 한 잔 마시는

손가락 마디만큼 벌어진 문틈 사이 아득히 흔들리는 목
소리
성큼 다가오는 머슴 새의 회초리 같은 통렬함
밤이 숨어버린 듯 엉뚱한 생각이 꼬리를 물어
말갛게 달아오른 침묵의 자위, 깨알처럼 써 내려간 일기
장에
산 까치 사진 한 장 붙이며, 오므렸다 폈다 근육 이완 중

2부

서리꽃

억새

바람은
꼬리에 꼬리를 물고
하얗게 언덕을 넘는다
칼날 같은 돌풍이 지나간 산허리에
게릴라의 음모처럼 정적이다

목이 잘려 자빠진 앙상한 바람 새
등 뒤에 숨어 울던 나를 외롭게 했던
빠르게 지나간 바람 꽃 닮은 팽팽한 기억들
뿔뿔이 흩어져 먹먹한 가슴 끌어안고 자폭한다

때때로 어긋난 생각들
피사의 사탑처럼 옆으로 휘어져가고
황야의 무법자처럼
수천의 바람되어 나를 눕힌다

아무렇지도 않은 듯

길을 떠나다

솔바람 스산한
가을의 문턱

겹겹이 쌓아놓은
지난여름 구겨진 편지

어디쯤
버리고 올까

공허는
언제쯤 채울 수 있을까

나를 심다

언제부턴가, 먼 곳을 보는 시간이 길어졌다

하늘의 창 열어 구름길 따라나서고
태양 속 숨어 있는 초승달 찾아나서는
철새의 날갯짓 바람에 흔들리면
별빛 건지려 호수에 덤벙 뛰어들어 헤매는
봄 뜰 파릇하게 돋은 떡잎 뿌리까지
땅속으로 스러져 침몰하는

단단한 고독에 부딪친다
질척한 외로움, 단내 나는 마른 설움이다
덜그럭거리며 끌려가는 무기력, 빈곤한 핑계, 토해내듯
다독인다
견딜 만큼 서성인 나, 저만큼의 거리에서 손짓하는데
눈길 한 번 제대로 못 주고 외면하는 언어들의 술래잡기

머뭇머뭇 뒤척이다 오갈 데 없어 끝내 지친 살갗 부비며
빛나는 시어들 묶고 묶어 단단한 옹이만큼 열반할 수 있
다면
호탕하게 껄껄 웃으며 돌아설 수 있겠는데
빈 하늘 어깨에 메고 훨훨 떠날 수 있겠는데

>

태풍이 쓸고 간 들녘에 나목 한 그루 심고 싶다
뒤척인 시간만큼, 해바라기 씨앗만큼
촘촘하고 간결하게 독백 한 구절 남기고 싶다

묵고 黙考

가방 속
자꾸만 늘어나는 시집
읽고 또 읽어도

도무지 이해할 수 없는
말 말
언어들……

그 무제 속으로
자꾸만 빠져들고 있는
나

자외선 차단제 바른 듯
언어는 두껍게
무겁게

가슴 비비고 들어와
물음표 붙이는
너의 침묵

여우비

태양을 품은
누구의 눈물일까

빗방울 맺힌
시름 시름마다

꽃처럼
붉은 울음

동녘별

꽃피는 봄밤
너무 반짝이지 말고

라일락 향기 하늘 끝 가더라도
촉촉이 젖어들지 말고

대지에 장대비 내리거든
구름 속 꼭꼭 숨어 있다가

내 기억 잠들 때 까맣게 멍들었던
굳어버린 별똥 내려놓고

나, 진초록 물든 면사포 쓰고 가거든
은하수 다리 만들어줄래

초롱초롱 수줍음으로
가까이 가 옆에 있고 싶어

단 한번 살짝 만져보고 싶어
너의 별 되고 싶어

석류

꽃망울 터졌네
수줍은 핏빛

젖가슴 살포시 열어
터트린 고백

울지 마! 아프지 않아

씨앗

칼끝에 쩍 벌어진 수박

초록 껍질 속
달콤한 속살

검은 씨앗 씹다가
문득 깨달은 진실

아!
세상의 어미는 모두가 씨앗

씨앗 속 씨앗
우주

붉은 곰팡이

이미 포화된 발효씨앗에
꽃이 피었다

솜털을 깔아 놓은 듯
미세한 균들이 춤을 춘다

절대로
결박은 없다

넘나들거나
흔들리지 않는다

피고지다
일렁이다

들끓어 오르면 된다
그 절정의 순간

삶

잊어버린 것이
무엇인지도 모르면서

찾아야 할 것이
무엇인지도 모르면서

가야 할 곳이
어디인지도 모르면서

빛바랜 이정표도
못 읽으면서

아직도
찾아 헤매기만 한다

말씀

나만
보지 말고

너도
보아주세요

나만
생각하지 말고

너도
생각해주세요

내가 잘 아는 세상
내가 잘 모르는 세상

세상은 혼자 살 수 없어요
지구는 하나랍니다

서리꽃

뜨거운 시선
받을지라도

고작 반나절
피고진다 해도

두려워 마라

당당하게
고개 들어

녹아내릴
순간까지

활짝 피어라!

그림자

머리 위
해꽃이 피었습니다

내 걸음 앞
그림자 하나

바싹 말라 찌그러진
귤껍질 같은 내 얼굴

미역오리처럼
비비꼬인 내 혈관

살아서 뛰는 심장도
그림자로만 보입니다.

걸어도 뛰어도 끝까지 따라 오는
또 하나의 나

사구

파도는 점점 얇아져 가늘게 울고
물새가 토해놓은 울음 삼킨 해변에는
오선지의 음표가 딩굴고

썰물을 등진 참게
불쑥불쑥 솟았다, 숨었다
작은 섬이 되었다

쌓아도 쌓아도
스러지고 스러져가는
출렁이는 하얀 물꽃

발가락 사이
가늘게 파고드는 차디찬 반짝거림
한 움큼 손가락 사이
빠르게 빠져나가는 아스라한 빛

하루가 지나고야 알았다

뜨겁게 달구어진 모래는
파도가 끌어안고 비벼대던
제 살 깎는 비움이란 걸

자신마저 버려야 하는
오롯이 제 몫이라는 걸

눈 내리는 날

눈 덮인 은행나무 가지에
까치 한 마리 날아와
인사하듯 지저귀고 날아간다

건너편 상가 옥상 쪽을 쫓아
병원 입간판 지나 언덕 위 교회 탑
십자가 꼭대기에 앉아 지절대더니
파다닥 돌아 나를 본다

저 쪼매한 까치의 눈으로
내려다보는 세상은 어떠할까

잔설가지 눈꽃 떨림
유리벽엔 마네킹 눈물

잿빛 하늘이 울고 있다

편견

학교 가는 길
횡단보도 신호등 앞

노란 머리카락
맑고 파란 눈동자
당연히 서양 아이라고 생각했는데

너 참 예쁘다
고맙습니다
저 한국 사람입니다

묻지도 않았는데
한국 사람이라고 또박또박 말했다

내 안에
커다란 작대기 하나 그었다

모래시계

체위를 바꾸며
달아오른 봉분
움푹 파인 산호를
쥐었다, 놓았다

천정에는 에메랄드 빛
바닥에는 오색 타일 방
붉은 광장에 불시착한 외계인처럼
수중 막 속 꽈리 튼 발가벗은 몸뚱이들

뼈와 뼈 사이
거꾸로 차오른 산소의 압력은
수직으로 떨어지는 모래알만큼
확장된 심혈관 순환을 재촉하고

흩뿌린 몽환 속 허물어진 몸
비틀거리며 걸어가고 있다
불태워버린 생
너무 오래 붙잡았다

시간을 안고

시간이 지나면 비로소 보이는 것들이 있다
겹겹의 껍질을 벗겨내고서야 알맹이를 보듯이
뒤엉켜 있는 실타래의 끝을 찾아내듯이
좀처럼 가지 않던 불면의 시간이 지나가듯이

한숨 몰아쉬며
부끄러운 미소 지으며
빈 가방 안의 백지 한 장마저도
시간이 주고 간 보물이었음을
종착역에서야 비로소 두 발 내려놓을 수 있을 것이다

그제야
허둥대던 시간들
바람에게 나누어주고
길체에 서 있는 한 노야老爺의 눈빛에
나를 가둘 수 있을 게다

과식

분쇄기 칼날에 야채와 과일을 자르듯
어긋난 톱니바퀴가 괴이한 소음을 내듯
내장 한가운데를 집중적으로 공격하는 발작
필사적으로 밀어내는 장력

명치끝에서 압력을 가하며
세상 밖으로
콘크리트 벽을 무너트리듯
퉁!

내 것이라고 믿었던 것
내 안에 있으면 모든 것이 내 것인 양
자만했던 오만방자함

모가지까지 차오르는 물질만능
영양가 없는 찌꺼기들
비울수록 가벼워지는 것
타협의 정석을 깨닫는다

색소폰

밤새 품었던 이불 속에서
상아피리 냄새가 난다
늦도록 시린 가슴으로
수없이 불어 울던
애상

눈물 걸러
한 방울 안에 가둘 수 있다면
간장이 파열되어 신음하는
둔탁한 쇠붙이에게
영혼을 쏟아 붓진 않았을 텐데

떨리는 손끝으로
조금씩 가슴 허물어
더듬더듬 다가가
돌아보아 달라 애원하지 않았을 텐데

등 뒤에서
피 섞인 찢어지는 울부짖음
이쯤에서 퇴색된 음절 냉정하게
잘라버리지 못하는 무심

이때다

어쩌면 이렇게 다닥다닥 붙었을까

마당 귀퉁이 메마른 풀섶
손에 익지 않은 서투른 전지가위질
어긋난 톱니처럼 헛손질이다

날개 단 솜털씨앗
무성한 엄나무에 가려 하늘빛 제대로 못 보았으니
이때다 싶어 오직 작은 그녀의 몸을 빌려
위풍당당 날아볼 의향,

밤을 보채는 방바닥에 엎드려
눈 한번 질끈 감았다 뜨면
십년은 거뜬히 지나온 세상 같아
더 슬플 일도 없고 달가울 것도 없어
살고 싶다 의욕마저 말라버린 요즘

바짓가랑이 붙잡고
살아보겠다고 애걸하는 홀씨,

지상의 모든 생명이 고독이라면
밀폐된 심장 한 줌 기꺼이 꺼내줄 수 있어,

날개 하나 달아줄 수 있어,
훨훨 날아

비겁하게 얇은 점막 치며 자지러지지 말고
시멘트 벽 틈 함부로 뿌리내리지 말고
말캉말캉한 밭고랑에 사뿐히 내려앉아
화두를 펼쳐봐, 이때야

3부

쌀밥 꽃 지던 날

쌀밥 꽃 지던 날

갈비뼈가 드러난 앙상한 젖가슴
차디찬 굉음이 줄금을 그으며
통증의 단서를 잡기 위해
움푹 파인 뼈 사이를 횡단한다

실핏줄이 지나간 횡경막에는
이빨을 드러낸 사자가 길을 막고
풍선처럼 부어오른 비장은
본색을 드러낸 불청객처럼
악마의 혀를 날름거렸다

진단서를 받아들고
아무렇지 않은 듯
아무 말도 묻지 않았다
다만, 하늘빛이 하얗게 보였을 뿐

홀로 스러지고 홀로 일어나던
능금꽃 피던 가슴
침묵의 장기에 은장도를 꼽아보면 알까
납작 엎드려 사력을 다해 살아온 시간
자진해서 사유를 토해내면 알까

>
두 아이가 기다리고 있다
집으로 가는 길, 이팝나무 꽃잎이
그토록 까맣다는 것을 처음 알았다
평온하게 잠든 아이 손이 따뜻했다

초로

노인은
뒤뚱뒤뚱 뒷걸음치며
바람이 부는 방향으로
마당을 쓴다

구부러진 허리춤 사이
마른 낙엽이 뒤돌아오는데도
느릿느릿 싸리 빗자루질을 한다

마당 귀퉁이까지 가서야 멈추었다
휴, 한숨과 함께 먼지를 뒤집어쓴 채

앞으로 나란히
뒤로 열중 쉬어!

눈 깜짝할 사이
지구 한 바퀴 돌아온
마른 땀 한 방울

뚝, 떨어졌다

늪

금강이 보이는 테라스
모차르트의 G장조를 들으며
정원 온실에 세상 꽃들 죄다 붙잡아놓고
주말에는 골프채 휘두르며 지구를 들썩이고
명품 백 명품 옷 패션의 리드였던 그녀

먹어도 먹어도 허기진다며
채워도 채워도 쓸쓸하다며
점점 커가는 욕망은 저 아래 치받치는 공허의 늪
넘치는 것들과 팽팽한 충만의 결핍을 줄다리기하더니
산사람으로 살겠다며 금빛 머리카락을 잘랐다

대웅전 처마 끝 풍경
바람꼬리에 매달려 흩어져가고
대빗자루 쓸고 간 마당 골마다 목탁소리 스며드는데
그녀의 패인 발자국마다 질퍽한 눈빛 빠져 그렁거리는 것은
겨울로 가는 마른가지 꽃잎

낡은 옷소매에
바늘땀 심어 번뇌 삭이는 침묵 앞에
천 갈래 너덜거리는 가슴
 쥐어뜯어 던져놓고 돌아왔다

낙타의 눈물

이른 새벽
서역으로 가는 광활한 사막
땟국 짙은 붉은 안장
숱 빠진 꼬리 흔드는 쌍봉낙타

느릿느릿
가도 가도 닿지 못하는
하늘 끝에 오르듯
약속 아닌 약속 지키듯
두 개의 발가락 타각타각

고비 고비
오직 태양만이 주인
바람마저 비켜가는
높고 깊은 모래능선
잔인한 태양, 일출

속눈썹이 긴 낙타 눈망울에 피눈물이 고이기 시작했다
고삐를 잡은 청년의 해맑은 눈동자 잔광에 비춰 울 듯
오래전에 알고 있던 사이처럼 낯익어가던 순간의 슬픔

그곳

마음 한 곳 두지 못하고
먼 산 눈길 서성이는 날

쏟아지는 눈물 감출 수 없어
비처럼 울고 싶은 날

구절초 달개비 들국화
야생초 만발한 곳

너 왜 그래?
너 왜 왔어?

괜찮아
걱정하지 마
잘 될 거야

눈빛으로만 포옹하는 곳
외소나무 그늘 아래 텅 빈

나무의자

꽃물

예리한 메스가 지나간 가슴에
서른아홉 개의 바늘땀이 생겼어
뱃속 열어 미세균 파충류 제거하고
덕지덕지 자생하는 곰팡이를 제거했대
새파랗게 물든 비장은 내버려두래, 대신
조심조심 만져도 온 몸 새파랗게 멍들 거래
새까맣게 물든 폐에도 물이 고였대
가슴이 너무 뜨거워, 눈물이 너무 많아서
폐까지 물이 찼대나
모른대, 의사도, 그러니 마음 놓고 살라하네
큰마음 도려내고 물처럼 바람처럼 해처럼 살라하네
병원 문을 나서는데 일곱 살짜리 아들이 윤나게 닦아준
하얀 구두 콧날에 주르륵 코피 흘러 핏물 들었어
비릿한 누런 나비 발끝에 앉아 얼쩡거리더니
오 헨리의 '마지막 잎새'처럼 핏물 삼킨 붉은 꽃물 들었어
아직 살아 있으므로 가슴에 진한 꽃물 보관 중이야

폭염

이 더운 날
손가락에 뜨거운 불 집히면
더 덥지 않나요?

머릿속은 시원해 집니다

그의 눈 안에
차고 넘치는 뜨거운 빛
그 누구도 넘나들 수 없는
니코틴의 발작

기고만장한 심장에
시시때때로 범람하는
선서
나는 정신병자가 아닙니다

진실만이 내 안에 있습니다

그가
독방에 갇혔다

물안개

삼칠일이 채 안된 아가의 입가에 뽀얀 앞가슴을 풀었다
아가는 입 안 가득 젖꼭지를 물고
엄마의 체온에 사르르 잠이 들었다

하늘빛이 까매요
구름이 떨어지는 꿈을 꾸어요
날개 없는 새가 보이네요
강물에 빠졌는데 헤엄을 못 쳐요
아무도 구해주질 않아요

그 밤
온 몸의 체액을 아기에게 주었다
수영을 못하는 그녀에게 구명보트는 없었다
깊은 수면睡眠속으로 빠져들고 말았다

산산이 부서진 용궁은 투명한 파편으로
물안개 되어 수면 위 차오르고
반사된 햇살은 눈빛이 되어
그 강을 건너고 있었다

백태

하얀 종이 위
검은 점
몇 개

원형의
돋보기 너머
지구

한 바퀴
돌아온
시간의 파편

목숨

파리 한 마리 들어와
손등에 앉았다

무슨 잘못을 했는지
알아듣지 못하겠는데

두 손 비비고
두 발 싹싹, 온 몸은 달달

파리채를 들었다

살면서 얼마만큼
내 죄를 인정했을까

하지 말아야 할 일과 말
구별하지 못한 죄

내가 너를
죽일 자격이 있는 걸까!

월아천

수억 년 전 바람이 노래했다
모래는 알알이 춤을 추다가
색색의 융단을 깔고
제각기 오묘한 자세로 누웠다

붉은 노을 실루엣
알몸으로 환연한 등불 켜고
메마른 협곡에 뛰어오른 광무廣袤
밝아오는 달무리

한 점 바람 없이도
고요한 흥분 고요한 돛
출렁이며 살 수 있다면

아! 오아시스여
모래 위 지문을 남기며

새벽산행

가파른 언덕 안개가 자욱하다
횡경막을 가르는 호흡은
촘촘히 들어찬 세포 안을
맴돌다 거칠게 내품는다

안개비에 젖은 정지산 절벽 아래
유유히 흐르는 금강
희미한 잿빛으로 보이지 않았다
지저귀는 산새들 새벽 기지개를 켤 뿐

멀리 아스파트 위에 타이어 마찰 소리
출근길 하루 시작을 재촉하고
이끼 낀 균열된 돌 틈 사이
내려앉은 안개비 걷어 오른다

바람막이 점퍼 안에서
결빙되었던
가슴 속 응어리 녹여 내리듯
뜨거운 땀방울 앞가슴 타고 흐르는

축축이 젖은 운동화 끈을 바로 매며
내리막길은 뛰어가야겠다

등골에 흐르는 파편 같은 땀방울로
어제의 지독한 불면을 씻으며

휴식

어쩌다
덜커덩거리는
의자에 앉았다

혹시나
부서져 내려앉을까
볼트를 조이고

엉덩이로 좌우 중심 잡다
흔들거리던 근심
내려놓으니

안락의 극치다

흑장미

흐드러지게 핀
붉은 아리아

그대 가슴에
깊숙이 찔려 버릴까

뚝 떨어져
차라리 터져 버릴까

온 몸 부풀어
비틀거리는

주체할 수 없는
그 도도함

너의 향기

흰죽을 끓이며

몽글몽글 수증기 속에
마른 눈 감은 엄마가 아른거린다

미음 한 수저 넘길 수 없는
쪼그라진 목숨 줄, 긴 관을 위장 깊숙이 꼽아
펌프질하듯 넣을 뿐이다
초점 없는 동공은 이미 먼 나라의 전생을 찾아간 게다

단, 한 번만이라도
어머니의 따뜻한 무릎에 머리를 누이고
허공을 가르는 자장가에
시린 가슴 내려놓을 수 있다면

관절 마디마디 꽉 차 있는
이생의 짐 내려놓지 못하고
망망대해 한가운데
홀로, 어머니의 백발이 노를 젓는다

다시, 시작

어스름 해질녘
설거지를 하다가
뜬금없이 흐르는 서러움
물기 묻은 거친 손등에
선명한 시간의 몸부림
개수대 안에서 울부짖는다

풍우로 지내온 세월
차마 뒤돌아보지 못함은
발가벗은 빈 가지의
손짓일까 두려워
허기진 내장 속에 꾸역꾸역
마른 침만 삼킬 뿐

넝쿨장미 새순 천공을 향해 오르듯
그대 가슴에 선혈 빛 꽃대이고 싶었는데……

살며시 비켜 앉아
헝클어진 머리카락 곱게 빗고
부질없는 날개 짓 그만 하자
며칠째 책상 위 묶여있는 너의 흔적들
따뜻한 온수에 마음 담그고 씻어내자
잊어버린 나를 찾아

나는 장씨, 동생은 정씨

부슬부슬 비가 내리면

엄마는 쪽마루 모서리에 앉아 막걸리 한 잔 마시며 떨어지는 빗방울소리에 젓가락 장단을 맞췄다. 그런 날에는

영락없이 내 머리채는 엄마 손에 잡혀 마당구석 검둥이 집까지 끌려가곤 했다.

빗소리에 묻혀 통곡하는 엄마 품에 악착같이 기어들어 '이제 그만'을 외쳤고, 그럴 때마다 가슴을 파고드는 어린 딸을 안고 엄마는 비처럼 울었다.

대청 한가운데 시퍼런 칼날 위 오색 빛 치맛자락 펄럭이고, 요란한 징소리 기왓장을 흔들었다. 구경거리로 몰려든 동네사람들은 하나같이 무표정했다.

무명 홑이불에 칭칭 휘감긴 큰언니의 핏기 없던 얼굴은 그날 이후 보지 못했다.

어린 동생이 엄마 등에 업혀 다녔다. 조카인 것을 안 것은 초등학교 입학식 때였다. 나는 장씨, 동생은 정씨.

종일 내리는 비는

차라리 폭포였음 했다.

빠른 속도로 휩쓸려가고 싶었다.

빨리 어른이 되고 싶었다.

>

엄마 등은 여동생 차지였고
엄마 가슴은 남동생 차지였다.

늘 혼자였다.
그렇게 사는 건 줄 알았다.

사람들은 큰언니의 부름이라 했다. 강원도 홍천계곡, 동
생은 스물셋의 순결을 바다로 향했다. 빛바랜 하얀 원피스
입은 채.

어머니의 집

가쁜 숨 들이쉬고 내뱉다가
메마른 아랫도리에 지리는 물똥
희미한 눈꺼풀 치켜세우며

나, 집에 갈란다

아들딸이 사온 알록달록한 가방은
곱디고운 치마저고리와 함께
장롱 속에 차곡히 쌓아놓고는
까만 빈 봉지 끌어안은 채

나, 집에 갈란다

집이 어디길래
앙상한 늑골 뼈 잔뜩 웅크리고
미라의 형상으로 현관문 앞에 쪼그리고 앉아
행여 자식새끼 눈치 챌까봐
구십의 노모는 여윈 목소리에 힘을 준다

나, 집에 갈란다

당신의 뜨락은 이곳이건만

오뉴월 가마솥에 보릿단 불을 지펴
설태 알알이 볶아
맷돌로 갈아 찰밥 지어
노란 콩가루에 버무려주던 아랫도리 힘은
내쉬는 숨에도 허물어져버리고

한 발자국씩
저편의 세상으로 옮겨 가시렵니까

대답

다랑논 지나
허리가 반쯤 구부러진 소나무 한 그루
아직도 지켜보고 있다

진달래꽃 활짝 웃고
떡갈잎 바스락거릴 때
왼쪽 눈 왼쪽 다리 지팡이에 의지한 채
아버지는 산에 올랐다

아버지의 아버지가 심었다는
세 그루 형제소나무

그 중 두 번째 소나무
나 죽으면 이곳에 묻어라
아홉 살짜리 철없던 막내딸

네, 네,

바람 한 점 없이
하얀 눈 펑펑 내려 무릎까지 쌓이던
오늘 같은 날

>

반쪽 눈
반쪽 다리
꽃눈 속에 던져버렸다

오르다가 숨차거든 잠시 쉬어가거라
올려다보지 말고 내려다보지도 말고

네, 네, 네……

그 남자, 그 여자

이야기해볼까?

여자는 피아노 구입 상담 중 친절한 남자의 목소리에 호감이 갔어
한밤의 데이트 라디오 성우 목소리와 똑같았었거든
여자는 백마 탄 왕자를 상상하며 매장을 방문했는데 글쎄,
조그맣고 피죽도 못 먹고 살아온 듯 깡마른 체구
구겨진 와이셔츠에 목 때 묻은 넥타이 촌스럽기까지 했어
물론 조리 있고 융통성 있는 언변, 목소리에 넘어가 피아노를 구입했어
피아노 이상 없나요?
소리는 마음에 드시나요?
그는 피아노 음을 조율하듯
내 마음 튜닝했어
수시로 걸려오는 전화가 싫지 않은 이유,
청아하고 맑은 목소리 때문이었어
눈치 챘지?
그렇게 만났어. 그 남자, 그 여자
하늘의 별 따다 주고 손가락에 물 한 방울 안 묻히고
눈가에 눈물 고이는 일 없을 거라고 …… 믿었어
살다보니 뒤죽박죽이야, 그런 거래, 산다는 것은

살다보니 닮아가, 얼굴도 걸음도 식성도

　감자밥 채국 고사리 가자미식해 입에도 대기 싫어했는데
지금은 내가 더 좋아해

　꽃게장 갈치조림 젓갈김치 신혼 때는 비린내 난다고 근처
도 안 가더니

　때마다 메인 찬으로 올려야 해

　어디 가면 남매세요? 물었지

　해바라기 지붕 아래 삼십오 년

　남편은 남의 편

　여편네는 여전히 남자의 옆에서 감자밥을 짓는 거야

　산다는 건 이런 거래

　별거 아닌 듯 별거인 거지

　나, 할 이야기 많아 ……

4부

넉 줄 시 - 긴 울림

애모

깊은 곳
푸른 바다에
빠져버린
내 마음

입춘

살포시
여민 저고리
풀어 볼까
이 봄에

수평선

돛대는
하늘이었어
너와나
바다였듯

연꽃

더 이상
욕심 없어요
당신 안에
한 송이

호수

깊이를
알 수 없을 땐
던져봐
네 마음을

이슬

아무도
보지 못해요
혼자 우는
새벽종

홍매

그날 밤
훔쳐 보았던
붉은 입술
첫사랑

곡주 穀酒

들꽃의
고독이더라
마실수록
목 타는

서리꽃

하얀 손
덮어주어도
차가운
너의 시선

단풍

갈잎은
노래했다죠
기다림의
아픔을

초승달

생각은
비우고 비워
눈썹만큼
남았나

동백

섬마을
뱃고동 소리
눈 속에
붉은 눈물

봄 뜰

쉿! 조용
토끼풀 잔디
햇살 먹고
낮잠 중

꽃잎

살며시
열어보아요
한 자락
그리움을

별

여름 밤
멍석에 누위
초롱초롱
내 사랑

우체통

똑똑똑
누구신가요
딱새들
동그란 눈

매미

한 구절
다가가 보니
스타카토
짧은 생

백자

빈 가슴
아니 품은 듯
하늘 땅
끌어안고

영影

천 리 길
달려갑니다.
그대 향한
그리움

가을

담쟁이
물들지 마라
보는 이
타는 가슴

등대

가까이
더 가까이 와
반짝이는
네 눈빛

채운

울어라
외로울 때는
오색 빛
눈동자로

수련

내 마음
꽃바람 불어
물 위에
띄운 편지

막차

간이역
코스모스 길
홀로 떠난
그림자

낮달

오늘밤
오실 건가요.
반쪽은
황금 달로

능소화

담장 밖
기웃거리는
뜨거운 손
그 사내

얼굴

찻잔에
스며든 햇살
그대의
고은 미소

구절초

하얗게
못다 핀 사랑
스러진
가슴앓이

나선

단숨에
지구 한 바퀴
꼭짓점은
너였어

고목

하늘 뜻
따르다 보니
어느새
마른 상처

빙의된 목소리

나태주 시인

빙의된 목소리

나태주 시인

1 장인무 시인

장인무이란 이름은 조금은 생소한 이름이다. 주인공이 여성인데 여성의 이름 치고서는 남성적인 울림이 있어 조금은 의외의 느낌을 주는 이름이기도 하다. 그렇지만 사람을 만나보면 그가 지극히 사랑스런 여성이고 살가운 내면을 지닌 여성이란 것을 이내 알 수 있을 것이다.

그렇게 장인무란 여성은 공주에 사는 아낙네 시인이다. 언제부턴가 공주의 문화판을 드나들기 시작하면서 나하고도 얼굴을 익힌 처지다. 내가 문화원장으로 있을 때도 시창작반에 들어와 시를 공부했고 문화원을 떠나 풀꽃문학관에서 시창작반을 운영할 때도 여전히 자리를 지킨 사람이다. 초지일관 한결같은 사람이다.

처음 볼 때 그녀는 그저 평범한 아낙네였지만 점차 시간이 지나면서 그 자신의 존재감을 나타내는 그런 스타일이었다. 실은 이런 사람 가운데 실력가가 많은 법이다. 빈 수

레가 요란하다는 말이 있다. 그렇다. 꽉 찬 수레는 수레 안에 들어있는 내용물을 보듬고 다니기가 힘들어 소리도 못 내는 법이다. 끙끙거리며 그 고통을 참아내는데 그것이 나중에는 축복이 되고 보석이 되는 것이다.

그녀는 문학 수업 또한 소리소문없이 하고 있었다. 늦은 학업이지만 대학 공부도 마치고 시 공부도 눈에 띄지 않게 소리 나지 않게 하고 있었다. 언뜻 볼 때 그녀의 시는 그저 조그맣고 낮은 시처럼 보인다. 한 편씩 볼 때 그렇다. 그런데 모아 놓고 보니 그렇지 않다. 졸렬함 뒤에 비범함이 숨어 있었던 것이다. 이번 시집 원고를 읽으면서 그러한 그녀의 숨겨진 퍼즐이 맞춰지는 걸 볼 수 있었다.

바로 이것이다. 이것은 하나의 신비이고 즐거움이고 놀라움이다. 시가 이래야 한다. 아니, 시집이 이래야 한다. 사실 나부터 이번 시집을 읽고 놀라운 느낌이 없지 않았다. 실상 시는 내밀한 정서의 정치精緻한 언어 표현이다. 차라리 그것은 사어私語에 의탁한 고백이고 중얼거림 내지는 하소연이다. 그래서 산문의 문장과 시의 문장이 다른 것이다.

약간은 비문도 허락된다. 비약과 생략은 다반사다. 그러한 허물에도 불구하고 그것이 인간의 감정을 곧이곧대로 전달하기만 하면 되는 것이다. 시는 그렇게 인간의 감정을 전달하는 일에 열중해야 하고 탁월해야 한다. 그런 시를 만날 때 시를 읽는 보람과 즐거움이 따르게 마련이다.

2 장인무의 짧은 시

시는 우선은 짧고 간결한 문장형식을 취한다. 그것이 정석이다. 아니다. 될수록 그래야 한다. 무엇보다도 감정을 길어 올려 바닥에 붓듯이 해야 한다. 이성적 방법이 아니다. 격정의 방법, 파토스다.

인간은 의외로 이성적 존재보다는 감정적 존재다. 감정에 의해서 보다 많은 인간의 일들이 좌우되고 결정된다. 우리가 행불행을 말하는 것도 감정에 의한 것이기 십상이다. 그렇게 감정은 중요한 것이다. 이러한 감정을 다루는 인간 행위 내지는 예술로서 시보다 더 시급하고 강력한 것은 없다.

심지어는 이 감정이 사람을 살리기도 하고 죽게도 만든다. 실로 무서운 일이다. 그래서 나는 '시가 사람을 살린다'고 말하기까지 한다. 우선은 자기 자신─시인─을 살리고 타인─독자─을 살린다. 시는 다만 단순한 문장이다. 하지만 그 단순한 문장이 흔들리는 사람 마음을 잡아주면 그 사람을 살리는 것이다.

멀리서

거침없이 달려오는 하얀 그림자

돌부리에 걸려 넘어졌나요

내 눈빛 너무 뜨거웠나요

철교만 건너오면

손잡을 수 있었는데

그대로

강물에 뛰어드셨네요

여보세요!

황홀한 손짓 그만하세요

그 눈빛 너무 깊어

하마터면 몸을 던질 뻔했잖아요
　　　　―「금강에 빠진」 전문

　장인무 시인의 시 가운데 짧은 시 한 편이다. 형식은 짧고 문장은 단순한데 읽어보면 그 내용을 속속들이 알 것 같지는 않다. 조금은 아리송하다. 그런 중에도 무언가는 느껴진다. 이것이 바로 시이다. 이것이 바로 시 읽기이다.

　시의 내용을 시시콜콜 파헤칠 일은 아니다. 다만 우리는 시의 문장에서 오는 감정만을 다소곳이 느끼기만 하면 된다. 그렇다면 이 시에서는 무엇이 느껴지는가? 불안이나 슬픔이나 절망과 같은 감정은 아니다. 오히려 그 반대다.

　그것은 우선 밝음의 정서다. 신비에 가까운 생명 감각이다. 어디라 없이 깊이 빠져든 자의 유현幽玄이고 나아가 기쁨이고 광휘光輝이고 시인이 말한 대로 생명의 극치인 '황홀' 그 자체이다. 이러한 정서는 쉽게 맛보는 정서가 아니다. 깊게 빠져든 자에게만이 허락되는 정서이다. 장인무 시인이 이것을 알았다니 놀라운 일이다.

　기쁘면서도 슬픈 경지. 살고 싶으면서도 죽어버리고 싶은 그 어떤 구렁텅이. 그것은 사실 인간이 자연이고 자연이 인간인 그 어떤 사잇길에서나 겨우 만나는 정성의 세계다. 이심전심의 세계요 너와 내가 하나가 된 우아일체宇我一體의 된 세상이다. 시의 제목도 그럴듯하다. 많이 나갔다.

　　꼬리 맞춘
　　빨간 고추잠자리 한 쌍
　　자동차 와이퍼에 앉아

파르르 떨림
미세한 전율

그랬어
여민 가슴 마디마디 파동
킬리만자로의 눈빛
활화산의 불꽃
피할 수 없는 거대한
태풍이었어
　　— 「가을」 전문

　또 한 편의 작은 작품의 예시다. 어느 사이 시인은 한시漢
詩의 전경후정前景後情의 기법을 익히고 있다. 시의 기법이
란 이론으로 되는 것이 아니다. 열심히 쓰다 보면 저절로 익
혀지는 것이어야 한다. 그래야 오래 간다.

　시인은 지금 자동차 안에 있다. 그러면서 자동차 밖 와이
퍼에 앉은 '꼬리 맞춘' 두 마리의 잠자리에 눈을 맞추고 있
다. 그 두 가지의 '맞춤'이 '파르르 떨림'과 '미세한 전율'을
불러온다. 이런 표현과 곡절은 단순하지만 단순하지만은
않은 것이고 가상한 일이기까지 하다.

　그 다음은 우리가 짐작하는 대로 시인의 소감 내지는 평
가, 후정後情의 단계다. 그런데 그 부분에 와서도 비범한 면
을 보인다. 지극히 작은 것에서 지극히 큰 것을 유추해내는
솜씨가 그것이다. 일단은 잠자리 두 마리의 꼬리 맞춤, 그
미세한 전율이다. 그것이 발전하여 '킬리만자로의 눈빛'이
되고 '활화산의 불꽃'이 되고 '태풍'이 된다는 것은 어불성설

이되 시인만이 찾아낼 수 있는 아름다운 상상이며 한 기쁨의 세상이다.

> 말갛게 웃던 푸른 하늘
> 감나무 이파리 나풀거리던
> 돌담 가 외할머니댁
>
> 애야 오늘은
> 감나무 아래 가지 마라
> 치맛자락 감물 들라
>
> 첫 달거리
> 달무리 닮은 뽀얀 속살
> 붉게 붉게 번지던
>
> 감나무 아래 볼그레
> 타오르던 첫사랑
> 수줍어 눈망울 적시던
>
> 홍시 빛 추억
> ─「물들다」 전문

시집 제목이 되어준 작품이다. 이 시에는 두 개의 자아가 존재한다. 성인이 된 지금의 나와 어린 시절의 나이다. 몇 살쯤 되었을까? '첫 달거리/ 달무리 닮은 뽀얀 속살/ 붉게 붉게 번지던' 나이라니까 열 두서너 살쯤 되었을까. 어쨌든 초경의 나이 어린 소녀가 주인공이다.

그렇구나. 배경은 외할머니댁. '말갛게 웃던 푸른 하늘'이 펼쳐진 날. 외할머니의 목소리가 들린다. '애야 오늘은/ 감나무 아래 가지 마라/ 치맛자락 감물 들라'. 이 음성이야말로 영원의 고향 안에서 들려오는 가장 평화롭고 자애롭고 아름다운 목소리다. 원점의 소리, 그것이다.

인간의 삶은 하루하루가 힘겹고 타박거리는 발걸음이다. 그렇지만 이러한 마음의 고향이 있고 그 고향에서 들려오는 음성이 있기에 하루하루의 노역을 그런대로 감내해내고 또 앞으로 나갈 수 있는 것이다. 그렇다면 마음속에서 들려오는 이러한 미세한 목소리는 결코 무용한 것이 아니다. 그것은 또 하나 삶의 에너지가 되어주는 것이다.

3 장인무의 긴 시

모름지기 시는 짧은 언어 형식이고 서정을 주된 내용으로 삼는다. 그러나 때로 시는 서사를 택할 때가 있고 이야기를 품을 때가 있다. 짧고 간결한 언어 형식으로는 도저히 해결되지 않는 내용이나 주제가 주어졌을 경우다. 하지만 그런 때에도 역시 그것은 시의 품격과 시의 특성을 잃지 말아야 한다.

> 부슬부슬 비가 내리면
> 엄마는 쪽마루 모서리에 앉아 막걸리 한 잔 마시며 떨어지는 빗방울 소리에 젓가락 장단을 맞췄다. 그런 날에는 영락없이 내 머리채는 엄마 손에 잡혀 마당 구석 검둥이 집까

지 끌려가곤 했다.

　빗소리에 묻혀 통곡하는 엄마 품에 악착같이 기어들어 '이제 그만'을 외쳤고, 그럴 때마다 가슴을 파고드는 어린 딸을 안고 엄마는 비처럼 울었다.

　대청 한가운데 시퍼런 칼날 위 오색 빛 치맛자락 펄럭이고, 요란한 징소리 기왓장을 흔들었다. 구경거리로 몰려든 동네 사람들은 하나같이 무표정했다.
　무명 홑이불에 칭칭 휘감긴 큰언니의 핏기 없던 얼굴은 그날 이후 보지 못했다.
　어린 동생이 엄마 등에 업혀 다녔다. 조카인 것을 안 것은 초등학교 입학식 때였다. 나는 장 씨, 동생은 정 씨.

　종일 내리는 비는
　차라리 폭포였음 했다.
　빠른 속도로 휩쓸려가고 싶었다.
　빨리 어른이 되고 싶었다.

　엄마 등은 여동생 차지였고
　엄마 가슴은 남동생 차지였다.

　늘 혼자였다.
　그렇게 사는 건 줄 알았다.

　사람들은 큰언니의 부름이라 했다. 강원도 홍천계곡, 동생은 스물셋의 순결을 바다로 향했다. 빛바랜 하얀 원피스 입은 채.

   — 「나는 장 씨, 동생은 정 씨」 전문

얼핏 한 편의 짧은 소설을 읽는 느낌이다. 역시 유년 체험의 한 장면. 음울한 분위기. 무속적이기까지 하다. 한 가정의 비극적 사연이 고스란히 녹아들어 있다. 그렇지만 그 내용을 우리가 하나씩 뜯어볼 필요는 없다. 그냥 느끼기만 하면 되는 일이다.

이 작품이 서사를 다루고 있지만 시의 품격을 잃지 않은 것은 시인 자신의 통제된 자아와 이성적 능력 탓이다. 시를 쓸 때 시인은 감성적 능력과 이성적 능력을 동시에 유념해야 한다. 시의 질료는 감정이다. 그렇지만 그것을 담아내는 도구는 언어이다. 감정을 다룰 때는 지극히 조심스럽게 그 원형이 상하지 않도록 해야 한다. 하지만 언어를 동원할 때는 매우 날렵함과 냉철함을 잃지 말아야 한다.

그런데 장인무 시인은 그 두 가지 능력을 골고루 안배하여 이렇게 유장한 작품을 이루어내고 있다. 그만큼 아팠을 내면의 옹이다. 그 옹이를 이만큼이라도 아름답게 승화해서 풀어낸 그 시적인 솜씨가 가상하다.

역시 이 시 안에도 두 사람의 자아가 있다. 하나는 유년의 자아이고 하나는 성년의 자아이다. 그 자아는 한결같이 시적인 대상과 하나로 어울린 자아다. 네가 나이고 내가 너이다. 엠파시. 그쯤에서 빙의된 음성을 듣는다. 빙의. 귀신들림. 이중인격. 자타의 인격이나 영혼이 나에게 옮겨붙은 상태를 말한다.

어쩌면 시를 쓰는 행위는 시적인 대상과 시인이 하나가

되는 빙의된 세계의 표출인지도 모른다. 이러한 장인무의 시를 통해서 빙의된 세계의 진면목을 보고 빙의 시의 한 사례를 실감한다.

가쁜 숨 들이쉬고 내뱉다가
메마른 아랫도리에 지리는 물똥
희미한 눈꺼풀 치켜세우며

나, 집에 갈란다

아들딸이 사 온 알록달록한 가방은
곱디고운 치마저고리와 함께
장롱 속에 차곡히 쌓아놓고는
까만 빈 봉지 끌어안은 채

나, 집에 갈란다

집이 어디길래
앙상한 늑골 뼈 잔뜩 웅크리고
미라의 형상으로 현관문 앞에 쪼그리고 앉아
행여 자식새끼 눈치챌까 봐
구십의 노모는 여윈 목소리에 힘을 준다

나, 집에 갈란다

당신의 뜨락은 이곳이건만

오뉴월 가마솥에 보릿단 불을 지펴

설태 알알이 볶아

맷돌로 갈아 찰밥 지어

노란 콩가루에 버무려주던 아랫도리 힘은

내쉬는 숨에도 허물어져 버리고

한 발자국씩

저편의 세상으로 옮겨 가시렵니까

—「어머니의 집」 전문

　역시 장인무 시인의 긴 시 한 편이다. 이 시 안에도 어머니가 등장한다. 앞의 시가 젊은 시절의 어머니라면 이 시의 어머니는 늙은 시절의 어머니다. 치매라도 걸리셨던가. 당신의 집에 있으면서도 당신의 집으로 가겠노라 자꾸만 우기신다.

　'나, 집에 갈란다'. 어머니가 습관적으로 되풀이하시는 이 말 한마디는 그저 일상적인 언어지만 또 다른 의미로 다가온다. 이승에서 저승으로 가시겠다는 것처럼 들린다. 그래서 그 말씀은 의미심장하게 들려오고 마음 아프게 들려오는 것이다. 본래 우리의 집은 하늘나라였던 것일까.

　그것이 분명 그렇다면 치매 걸려 엉뚱한 소리처럼 하시는 어머니의 말씀은 결코 허언虛言이 아니고 진실의 언어가 되는 것이다. 여기에 인간적 한계와 비애가 따르게 된다. 역시 긴 시이지만 무리 없이 읽히는 가편의 작품이다.

4 장인무의 넉줄시

'넉줄시'라고 하면 많이 생소하게 들릴 것이다. 넉줄시는 공주대학교 명예교수인 육근철 시인이 창안해낸 새로운 형식의 시 작품을 말한다. 우리나라 전통시가인 시조시의 종장 부분만을 떼어내어 한 편의 시로 삼는다. 그러니까 3, 5, 4, 3의 자수율을 그대로 차용借用하여 한 편의 시가 되는 것이다.

또 시조의 종장처럼 한 줄로 세우지 않고 3, 5, 4, 3, 그렇게 단락마다 한 줄씩 꺾어서 4행으로 하는 시이다. 일종의 글자 수를 맞추는 정형시이다. 제법 오래전부터 공주지역에서는 육근철 교수의 제안에 따라 이러한 형식의 시를 쓰는 사람들이 모여 시작 활동을 하는 것을 보아왔다.

장인무 시인도 그 모임의 열성적인 회원 가운데 한 사람이다. 그러므로 넉줄시의 소산이 없을 수 없다. 이 시집의 말미에 수월찮게 많은 수의 넉줄시가 실려 있다. 넉줄시에 대해서는 설명이나 해설 없이 몇 편 골라서 여기에 싣고 넘어가기로 한다.

여름밤
멍석에 누워
초롱초롱
내 사랑
― 「별」전문

간이역

코스모스길
홀로 떠난
그림자
—「막차」 전문

쉿! 조용
토끼풀 잔디
햇살 먹고
낮잠 중
—「봄 뜰」 전문

　장인무 시인님! 첫시집 내는 것을 축하합니다. 첫시집이
좋아야 다음 시집도 좋을 수 있다는 것이 내 생각입니다. 말
하자면 부모에게 첫 자식이 잘되어야 아래 자식들도 잘된
다는 말처럼 말입니다.

　시를 쓰는 사람이 첫시집을 내는 것은 도착점이 아니라
출발점이란 것을 알아야 합니다. 그야말로 이제부터 시작
입니다. 부디 지치지 않게 멀리까지 가서 좋은 것 많이 듣
고 보고 돌아와 좋은 시로 써서 우리에게 보여주시기 바랍
니다. 그것이 글을 쓰는 사람들 피차의 예의요 본분입니다.
진실로 첫시집을 내는 기쁨을 축하합니다.

장인무

장인무 시인은 한국방송통신대학교 국어국문학과를 졸업했으며, 2016년 『문학세계』로 등단했고, 등룡문학상을 수상했다. 현재 풀꽃시문학, 금강여성문학, 세종시마루, 공주문인협회 회원, 넉줄시 동인으로 활동하고 있다.

장인무 시인의 첫 번째 시집인 『물들다』는 첫사랑이고, 홍시 빛 추억이고, 가장 고귀하고 거룩한 사랑의 꽃과도 같은 시집이라고 할 수가 있다.

이메일 : moito332@naver.com

장인무 시집

물들다

발 　 행　2019년 11월 11일
지 은 이　장인무
펴 낸 이　반송림
편집디자인　김지호
펴 낸 곳　도서출판 지혜 • 계간시전문지 애지
기획위원　반경환 이형권 황정산
주 　 소　34624 대전광역시 동구 태전로57, 2층 도서출판 지혜 (삼성동)
전 　 화　042-625-1140
팩 　 스　042-627-1140
전자우편　ejisarang@hanmail.net
애지카페　cafe.daum.net/ejiliterature

ISBN : 979-11-5728-374-3 03810
값 9,000원

이 책의 판권은 지은이와 도서출판 지혜에 있습니다.
양측의 서면 동의 없는 무단 전제 및 복제를 금합니다.

* 이 시집은 2019년 충청남도 · 충남문화재단 후원으로 발간되었습니다.

지혜사랑 시인선

016 아마도　안정옥
　　(문화예술위원회 우수도서 선정)
032 달궁아리랑 (장편서사시)　송수권
　　(문화예술위원회 우수도서 선정)
040 도배일기　강병길
　　(문화예술위원회 우수도서 선정)
044 한켤레의 즐거운 상상　이향란
　　(문화예술위원회 우수도서 선정)
053 맛을 보다　양애경
　　(문화예술위원회 우수도서 선정)
054 某月某日의 별자리　황학주
　　(문화예술위원회 우수도서 선정)
057 불쥐　이 은
　　(문화예술위원회 우수도서 선정)
068 뜰채로 죽은 별을 건지는 사랑　반칠환
069 웃음의 힘　반칠환
070 전쟁광 보호구역　반칠환
　　(문화예술위원회 우수도서 선정)
078 세상을 껴안다　나태주
　　(문화체육관광부 우수교양도서 선정)
092 메리네 연탄가게　김해경
　　(세종나눔 우수도서 선정)
096 젓가락 끝에 피는 꽃　홍종빈
099 꽃불　박정원
　　(세종나눔 우수도서 선정)
100 새해 첫 기적　반칠환 외
105 민들레 행복론　고정국
　　(세종나눔 우수도서 선정)
107 왼쪽이 쓸쓸하다　정해영
　　(세종나눔 우수도서 선정)
108 달 춤　이해웅
　　(세종나눔 우수도서 선정)
109 추가 서면 시계도 선다　구재기
　　(세종나눔 우수도서 선정)
111 허공에 거적을 펴다　송수권
　　(세종나눔 우수도서 선정)
121 틈　윤수하
　　(세종나눔 우수도서 선정)
127 삼천포 항구　김 경
　　(세종나눔 우수도서 선정)
128 정자낭구 안동네 사람덜　김충자
　　(세종나눔 우수도서 선정)
135 은이골에 숨다　함동수
136 거대한 울음　박정옥
　　(우수출판콘텐츠 선정작)
142 유리족의 하루　김성애 외
143 고흐의 사람들　권혁재
144 서랍마다 별　강서완
　　(세종나눔 우수도서 선정)
145 지하의 문사文士　조옥엽
146 부처를 죽이다　김정호
147 복사꽃과 잠자다　박방희
148 염화미소　김은수
149 붉은 벽돌　최해돈
　　(세종나눔 우수도서 선정)
150 나비는 장다리꽃을 알지 못한다　정재규
151 광교산 소나무　오현정
152 나의 솟대에게　박동덕
153 꿈의 비단길　홍종빈

154 붉은 파리의 방
155 꿈길
156 모자의 그늘
　　(세종나눔 우수도서 선정)
157 감옥의 자유
158 암반의 뒤척임
159 선운사 꽃무릇
160 꽃은 핀 자리에서 다시 피지 않는다
161 날마다 결혼하는 여자
162 화석지대
163 꽃
164 슬픔을 깎다
165 화가를 그리다
166 버려진다는 것
167 꽃을 만진 뒤부터
168 가을을 수선하다
169 춘풍매화
170 錦江巖走到詩篇 금강 천리 길
171 길을 묻다
172 현관문은 블랙홀이다
　　(세종나눔 우수도서 선정)
173 탈옥을 꿈꾸며
174 달그락 쨍그락
175 네가 웃으면 나도 웃는다
176 야난의 저녁식탁
177 깊어지는 집
178 외마디 경전
179 하늘을 만들다
180 절하며 산다
181 사랑의 지도
182 가로수 마네킹
183 님의 손대
184 슬픔이 맑다
　　(문학나눔 우수도서 선정)
185 별 하나에 어머니의 그네
186 독풀도 사랑받고 싶다
　　(문학나눔 우수도서 선정)
187 어떤 비행飛行
188 밤의 수족관
189 Twin Lakes
190 달항아리의 푸른 눈동자
191 팽팽한 이별
　　(문학나눔 우수도서 선정)
192 꽃이 보이는 날
193 푸른 별에서의 하루
194 바람의 고독
195 페달링의 원리
196 연잎 찻자
197 배롱나무 정류장
198 발바닥 지도
199 산굼부리에서 사랑을 읽다
200 바람의 옷깃
201 도레미파, 파, 파
202 가문비나무 기록장
203 붉은 무지개
204 뒤돌아보면, 비
205 어머니의 뜨개질
206 lettering
207 지난 세월이 한나절 햇살보다 짧았다
208 두 그루의 가시나무

장인무의 「물들다」에는 두 개의 자아가 존재한다. 성인이 된 지금의 나와 어린 시절의 나이다. 몇 살쯤 되었을까? '첫 달거리/ 달무리 닮은 뽀얀 속살/ 붉게 붉게 번지던' 나이라니까 열 두서너 살쯤 되었을까. 어쨌든 초경의 나이 어린 소녀가 주인공이다.

그렇구나. 배경은 외할머니댁. '말갛게 웃던 푸른 하늘'이 펼쳐진 날. 외할머니의 목소리가 들린다. '애야 오늘은/ 감나무 아래 가지 마라/ 치맛자락 감물 들라'. 이 음성이야말로 영원의 고향 안에서 들려오는 가장 평화롭고 자애롭고 아름다운 목소리다. 원점의 소리, 그것이다.

인간의 삶은 하루하루가 힘겹고 타박거리는 발걸음이다. 그렇지만 이러한 마음의 고향이 있고 그 고향에서 들려오는 음성이 있기에 하루하루의 노역을 그런 대로 감내해내고 또 앞으로 나갈 수 있는 것이다. 그렇다면 마음속에서 들려오는 이러한 미세한 목소리는 결코 무용한 것이 아니다. 그것은 또 하나 삶의 에너지가 되어주는 것이다.

— 나태주, 시인

살포시/ 여민 저고리/ 풀어볼까/ 이 봄에
—『입춘立春』전문

짧지만 깊고 농밀한 장인무 시인의 넉줄시는 그윽하기 그지없다. 응축과 긴장의 언어로 순간 속 영원을 꿈꾸는 시인의 마음인 듯. 입춘을 맞이하는 시인의 춘정春情은 겨우내 꼭꼭 여미어 둔 저고리 옷고름을 풀어 볼까 말까하는 마음이란다. 시인의 이런 매혹적인 사랑의 그림자는 넉줄시 곳곳에서 나타난다.

홍매// 그날밤/ 훔쳐보았던/ 붉은 입술/ 첫사랑
매화를 길러본 사람은 알리라. 홍매화 가지를 꺾으면 피 같은 붉은 눈물이 뚝뚝 떨어진다는 것을. 홍매화의 매혹적인 꽃술은 사랑하는 이의 신비한 속눈썹 인양 아름답다는 것도…… 홍매를 바라보는 시인의 투명한 시선은 눈이 시리도록 아름답다.
시인은 독자에게 행간에 숨겨 놓은 그림자를 읽어내도록 희구한다. 앞으로 시인의 세밀한 외적관찰을 통한 심상의 탐구는 긴장의 언어로 응축되어 표현되길 바란다. 언어는 짧지만 짧아서 더 긴장 미 있는 여백의 미로, 시인의 깨달음의 시적 세계가 더 깊고 높게 표현되길 빈다.

— 이석 육근철, 넉줄시 동인회장

값 9,000원

03810

ISBN 979-11-5728-374-3
9 791157 283743

날마다 피어나는 나팔꽃 아침

유유 제2집

247
지혜사랑

지혜